Die Deutsche Bibliothek - CIP-Einheitsaufnahme

Lionni, Leo:
Eine Geschichte mit Flöhen / Leo Lionni. Aus dem Engl. von Harry Rowohlt. -
München : Middelhauve, 1996
Einheitssacht.: A flea story <dt.>
ISBN 3-7876-9502-8
NE: HST

© Copyright 1995 Leo Lionni and Pantheon Books, Random House, New York
Original title: A Flea Story
Für die deutschsprachige Ausgabe:
© Copyright 1996 Gertraud Middelhauve Verlag, D-81675 München
Alle Rechte vorbehalten, auch die des auszugsweisen Abdrucks,
gleich welcher Medien
ISBN 3-7876-9502-8

Leo Lionni

Eine Geschichte mit Flöhen

Ich will hierbleiben!

Ich will woandershin!

Aus dem Englischen von
Harry Rowohlt

Middelhauve

Du weißt eben nicht, was schön ist.
Die Haut ist so zart. Und es gibt einen
Tunnel, rund und geheimnisvoll.

Kaum hab' ich mir's im Federflausch bequem gemacht, schon haust du ab und suchst ein neues Abenteuer!

Ich muß herausfinden, wie das Leben
auf einem Stachelschwein ist!

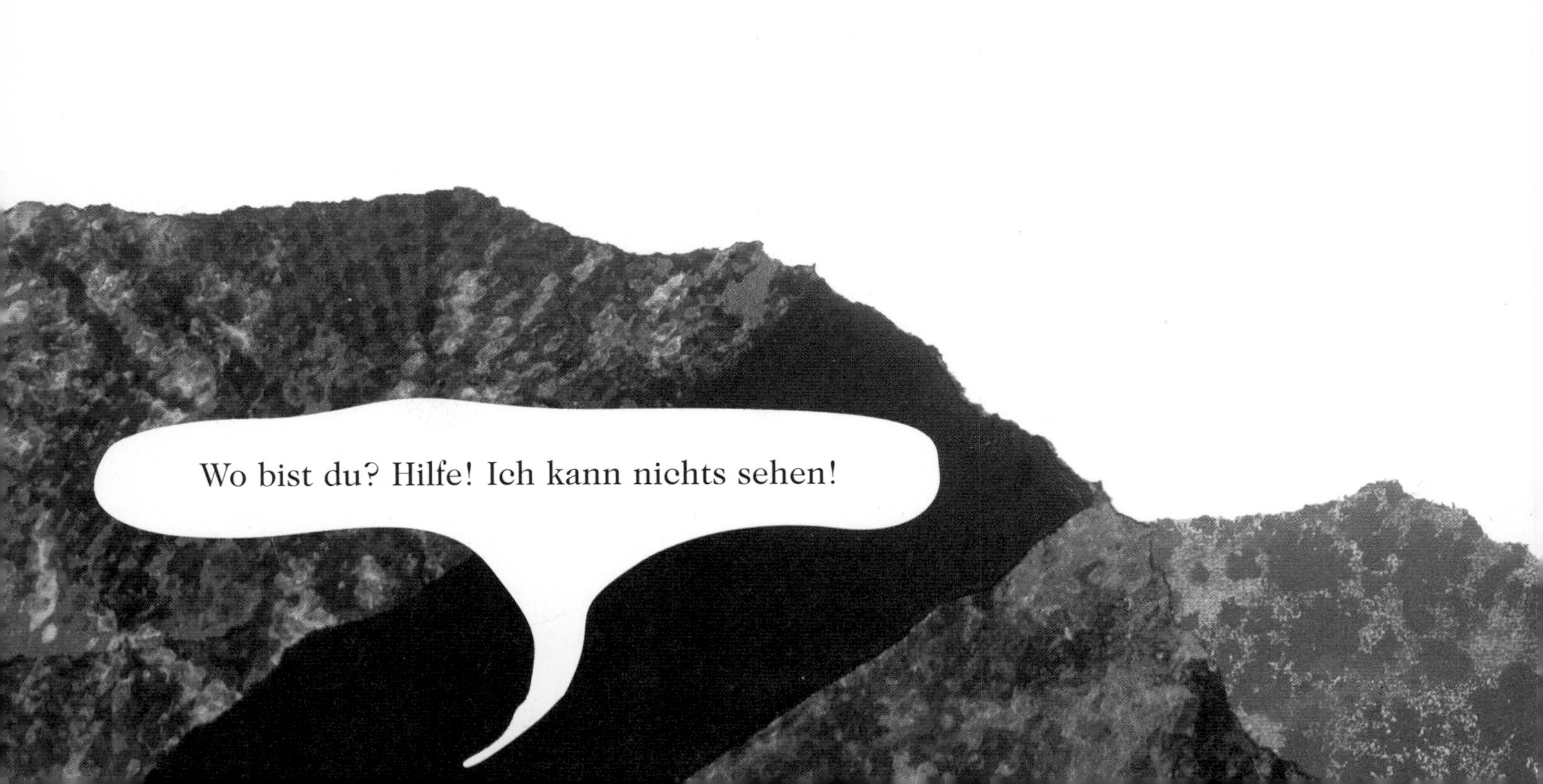
Wo bist du? Hilfe! Ich kann nichts sehen!

Ich will vor allem meinen Hund
wiederfinden.